엄마인 당신, 안녕한가요?

엄마인 당신, 안녕한가요?

지은이 문선
펴낸이 임상진

펴낸곳 (주)넥서스

초판 1쇄 발행 2018년 5월 5일
초판 3쇄 발행 2018년 7월 5일

출판신고 1992년 4월 3일 제311-2002-2호

10880 경기도 파주시 지목로 5 (신촌동)
Tel (02)330-5500 Fax (02)330-5555

ISBN 979-11-6165-394-5 03810

www.nexusbook.com

엄마인 당신, 안녕한가요?

글·그림 문션

넥서스BOOKS

이 책이 당신과 나에게 작은 위로가 되었으면 합니다.

나만 이렇게 버거운가요?

프롤로그

까아꿍~♪

아기를 낳고 출산휴가 3개월 동안에는 솔직히 몰랐다.

그저 당장의 아기 돌보기와 부족한 잠만 이겨내면 되었다. 처음이니까 힘들고 서툰 건 당연했다. 어차피 나는 회사를 다시 다닐 예정이었고, 아기는 친정엄마가 봐주기로 약속하셨으니까, 걱정없었다. 다만 아기와 '생이별'하는 느낌으로 회사를 출근해야 하는 것이 걱정이라면 그나마 걱정이었다.

예정대로 아기가 지낼 친정 근처로 이사를 했고, 월화수목금 평일에는 친정에서, 토일 주말에는 우리 집에서 아기를 돌보았다. 친정엄마 말씀에 따르면 아기는 금요일 아침부터 엄마, 아빠만 기다리는 것 같았다고 했다. (심지어 알지도 못할 달력의 숫자를 자주, 오래 응시하기도 했단다.)

회사에 다니는 동안 나는 아기가 먹을 일주일 치의 분유와 이유식, 기저귀, 발달 시기에 맞는 각종 장난감을 꽤 철저하게 준비했다. 갓난아이를 돌보는 친정엄마에게 그런 사소한 것까지 신경쓰게 하고 싶지 않았다.

그러다 아이가 아플 때마다 회사를 계속 다녀야 하는 건지 심각하게 고민하곤 했다. 출퇴근길, 친정엄마가 찍어 보낸 아기 사진과 동영상을 보며 내 아이가 이만큼 컸다는 걸 알아갔다. 나 없이도 빨대 컵을 시작하고, 엄마 없이도 '엄마'라는 말을 하며, 내 앞에서 기던 아이가 스스로 걷는 것에 놀라면서 기뻐하는 것을 보았다. 내가 모르는 표정도 선보였다. 아이의 엄마는 내가 아니었다.

그렇게 육아휴직은 시작되었다. 그새 18개월이 된 아이가 종종 심하게 떼쓰는 거 빼곤 크게 힘들지 않았다. 다만 말 안 통하는 아이와의 하루가 참 길고 외로웠다. 목 빠져라 남편만 기다리다 문화센터를 등록하고 같은 처지의 엄마들을 사귀기 시작했다. 아이가 있으니 사람 사귐이 별 거 아니구나 싶었다. 아이로 인해 사소한 이야깃거리도 흥미진진한 화제가 되었다. 심지어 병원에서 처음 만난 아기 엄마에게 내가 사는 곳, 여기까지 오게 된 배경, 육아휴직을 하기까지 겪었던 수많은 고민을 털어놓기도 했다. 그 짧은 시간 동안, 육아를 하면서 완전히 달라진 내 모습에 스스로 놀라는 일이 한두 번이 아니었다.

찰칵

2015. 7. 26
선우 1P 개월

그 당시 육아가 할 만했던 건지 우리 부부는 곧 둘째를 계획했다. 그런데 입덧이 시작되면서 첫째 아이의 육아가 버거워졌다. 아이와 함께 다니던 문화센터를 취소하고 가까운 어린이집 중 원장님 인상과 말투, 아이들을 향한 가치관이 (나름대로 생각하기에) 믿음직한 곳에 아이를 맡겼다. 지난 몇 달 엄마와 급격히 친해졌던 23개월 된 아이는 어린이집 앞에서 심하게 울며 하루를 시작했다. 아이를 맡기고 나오는 나 역시 '이건 못 할 짓이다' 하며 힘들게 하루를 시작했다. 밀려 있는 집안일도 하고, 끼니도 챙겨 먹고, 친구와 통화 잠깐 하다 보면 어김없이 아이를 데려와야 할 시간이었다. 그때 '한 시간만 더 있었더라면…' 이런 생각을 하는 나는, 아침에 나를 붙잡고 울던 아이와 헤어져 속상해 하던 나는 결코 아니었다.

육아는 만만한 것이 아니었다. 누구나 할 수 있지만 기꺼이 하기란 쉽지 않았다. 지금도 입버릇처럼 말하지만 육아가 제일 어렵다. 10여 년 넘게 한 분야에서 나름 전문성을 갖고 일을 했던 나에게, 육아는 내 뜻대로 되지 않는 힘들고 고되기만 한 일이었다. 해도 티가 잘 나지 않지만 하지 않으면 엄청 티 나는 집안일은 육아와 함께 오는 덤이었다.

두 번째 출산 이후의 나는 다소 험악해지기 시작했다. 둘째의 임신으로 그토록 미안하게 여겨왔던 첫째에게 화를 내는 일이 잦아졌다. 갓 태어난 둘째에게는 너무나 쩔쩔매는… 난 그냥 초보 엄마였다. (둘째 엄마라고 다 같은 둘째 엄마가 아니다.) 내 진정한 육아의 시작은 그때부터였다. 왜 친정엄마는 미리 말해주지 않았을까. 그 시기에 나는 하루에도 수십 번 이랬다저랬다 감정 기복이 사춘기 소녀보다 더 심하게 널뛰었다. 그리곤 밤이 되면 잠든 아이들을 보며 반성하기 일쑤였다.

육아에 도움 되는 책이라면 그 와중에도 짬 내어 읽었지만, 고되고 지친 상태에서 읽는 책은 엄마라는 이름의 나를 더 위축되게 만들었다. 하루하루 육아에서 오는 여러 감정들은 쌓이고 쌓여 풀 데가 없었다. 그렇게 해서 그리게 된 그림일기. 그 날, 가장 기억에 남는 장면을 그리기 시작했다. 주로 아이들이 잠든 밤 일명, 육아퇴근 후 하나씩.

현재진행형 육아를 하고 있는(극히 힘든 시기는 지났다고 간절히 믿고 싶은) 아들 둘 엄마로서 감히 말하건대, 무엇을 상상하든 육아는 상상 그 이상이다. 그리고 묻고 싶다. "당신의 육아는 어떤가요?"

2018년 겨울이 끝날 즈음에

그림 그리는 엄마, 문션

우리 넷.
2019년 4월

온전하게 넷 다 나온 가족사진은 참 귀해요.
먼 훗날 이 사진 한 장으로 추억할 지금만큼.

엄마, 문선

1982년 5월생. 10여 년 직장생활을 하다가 아이 둘을 키우면서 그림도 그리고 글도 쓰게 되었음. 감정에 솔직한 편으로, 좋은 말로는 감성이 풍부하고 불편한 말로는 예민함. 아이 둘을 키우고 있지만 아직도 '엄마'로서는 많이 부족하다고 늘 자책함.

아빠, 용혁

1983년 4월생. 평범한 회사원으로 아빠가 된 후 의외의 육아재능을 발견하고 몸소 실천에 옮기고 있는 비범한 사람. 한때 '포커페이스'로 유명했지만 알고 보면 그 누구보다도 표정과 표현이 풍부함. 참 긍정적인 남자.

첫째 아들, 서우

2013년 12월생. 눈이 오는 한겨울에 태어나 3개월 출산휴가 받은 엄마와 잠시 지내다가 그 뒤 15개월 동안 외할머니 손에서 주로 자람. 질주 본능이 남다르고, 유치원생인 지금 틈만 나면 까불거리는 아이.

둘째 아들, 승우

2016년 6월생. 한여름에 태어나 시원한 에어컨 바람을 맞으며 자란 덕인지 성격도 거침 없고 시원한 편. 형과는 다르게, 엄마와 떨어져 지낸 적이 단 한 번도 없음. 흥이 많아 음악이 나오면 덩실거리기부터 하는 타고난 막내.

차 례

어렴풋이 상상했던 날

10년 넘게 나의 직업은 패션 VMD*였다. 여성복, 남성복을 거쳐 아동복까지 다양한 브랜드 매장의 비주얼을 책임졌던, 커리어가 비교적 탄탄한 VMD였다. 빨래를 널 때에도 진열하듯 아이템별·컬러별로 예쁘게 널어야 직성이 풀리고, 집안 곳곳의 (남이 보면 쓸데없다고 할) 크고 작은 소품들은 구도를 지켜 정확히 그 자리에 있어야 하는 등 직업은 직업병이 되어 생활 곳곳에 스며 있었다. 옷차림새 또한 색상과 소재의 밸런스를 맞추려고 부단히 애썼다. 그만큼 보여지는 것에 꽤 민감했다.

그런 나에게 무지막지한 방해꾼이 등장했으니
당신이 짐작하듯 그 '육아'가 맞다.

샤랄라 공주 스타일까지는 아니더라도 여성성이 사라져 버리게 될 줄은 꿈에도 몰랐다. 아기는 또 어떠한가! 마네킹처럼 얌전히 있지는 않아도 조금은 내 의도대로 스타일 연출이 가능할 줄 알았다. (가능할 때도 간혹 있긴 하다.)

*Visual Merchandiser
브랜드 혹은 특정상품의 콘셉트에 맞추어 공간을 기획하고 연출을 주도하는 직종

시도 때도 없이 모유수유를 하고, 하루 종일 아기 곁에 있는 것만큼 더한 여성성이 어디 있겠냐 하면 할 말 없지만, 내가 말하는 여성성은 꾸미고 싶은 본능이다. 남편에게, 더 나아가 모르는 이들의 눈에도 내가 여자, 그것도 나이보다 5~10살은 어린 여자로 보이고 싶은 거다.

하지만 현실은 녹록하지 않았으니
그래도 위안삼아 이렇게 말하고 싶다.
자연미인 그 이상은 되었다고.

몸이 항상 뻐근하다.

일주일 내내 야근을 해도 이보단 나을 거 같다.

아기들의 에너지는 어마어마하다. 웬만한 체력으로 감당할 수 없다. 출산으로 인한 영향도 있겠지만, 그보다는 아기와 늘 함께 지내는 생활 때문이겠지.

욕실에 향을 피우고 잔잔하게 노래를 틀고, 따뜻한 물을 욕조 한 가득 받아놓고 몸을 푸욱 담가본 지가 언제였는지… 그건 둘째 치고 나만의 온전한 시간을 가져본 지가 언제였는지…

사실 온전한 내 시간을 찾기 전에 소중한 내 인권부터 찾아야 할 판이다.

화장실 문을 열어놓고 아기의 안전을 살피며 급하게 볼일을 보는…

나는 엄마, 나는 엄마다.

그래도 온전한 내 시간을 감히 꿈꿀 수 없는 지금을 그리워 할 날이 곧 찾아오겠지. 지나고 보니 온전한 내 시간은 없었지만 온전한 우리의 시간은 있었다며, 참 행복한 한때였다고, 웃으면서 말할 날이 내게도 곧 찾아오겠지.

아, 갑자기 왜 눈물이 날까…

당연한 브런치

혼자 마시는 커피가 간절할 때가 있다. 실은 '그립다'는 표현이 맞겠다. 물론 아기를 재운 낮이나 밤에 마실 수도 있다. 틈틈이 마시는 커피의 힘으로 육아를 하는 사람도 있을 테다. 하지만 내가 말하는 혼자 마시는 커피란, 내가 원하는 시간에 누구의 눈치를 보거나 시간에 쫓기지 않고 여유롭게 마시는 커피다.

나는 커피를 마실 때 보통 빵이나 샌드위치, 케이크 등 밀가루 음식과 함께 먹는 것을 좋아한다. 커피는 주로 우유 맛이 강하게 느껴지는 라테를 선호하며, 아메리카노에도 5g 봉지설탕 3개는 기본으로 타서 마시는… 한마디로 커피애호가와는 거리가 멀다. 그럼에도 혼자 먹는 커피를 그리워하는 이유는 아마도 아기와 함께 지내는 동안에는 꿈도 꿀 수 없는 장면이라 그런 게 아닐까.

육아를 온전히 맡기 전까진 아기와 다정하게 브런치를 즐기는 그림이 당연한 게 아님을 짐작조차 못했다. 그 와중에도 나름 터득한, 두 돌 이전의 아기를 키우는 육아의 현실에서 그나마 우아한 (?) 브런치를 즐길 수 있는 유일한 방법이 있다.

아기가 자야 한다, 반드시.

그리고 아기의 잠이 오래 유지될 수 있도록 모든 신경을 곤두세워야 한다. 집에서는 커피 잔을 내려놓을 때와 음식을 씹을 때 바삭거리는 소리에 각별히 신경 쓴다. 카페에서는 유모차가 함께 있을 수 있는 자리의 확보가 중요하다. 적당한 카페 소음은 어떤 면에서 자장가 효과도 있다. (항상 그런 건 아니지만…) 나만의 팁은 유모차의 진동이다. 유모차를 왔다갔다 굴리며 아기가 그 진동에 잠을 이어가도록 돕는 거다. 나는 발을 유모차 바퀴에 대고 굴리는, 손 안 대고 유모차 밀고 당기는 신공을 보유하고 있다.

물론 제일 좋은 방법은 단 한 시간만이라도 아기와 잠시 떨어져 즐기는 것이 좋겠지만…

누군가에게 내 아이를 맡기는 일이 결코 쉽지 않기에.

일상다반사...는 아니고ㅇ
엄~청 운두 좋은 날 !!!

"숙연 눞해져~"
2017.3.20 엉마의 영원

아
기
와
의
외
출

유모차는 그 누가 알려주지 않아도 꽤 신경 써서 선택해야 할 중요한 품목이다. 그도 그럴 것이 출산을 앞둔 임신부 눈에는 유모차가 아기와 함께한 그림에서 꽤 영향력 있는 비주얼을 담당하기 때문이다. 물론 주변에 유모차를 준다는 사람이 있다면 얘기가 조금 다르겠지만, 새로 사야 한다면 말이다.

어쨌든 내 아기와 나의 편리, 패션 등을 충분히 고려해서 구입한 유모차의 가치는 출산 이후에도 육아에 큰 비중을 차지했지만, 때로는 아닐 때도 있었다.

출산만 하면, 배부른 내내 발이 부어 신지 못했던 힐이나 치명적으로 예쁜 옷, 손가락이 두꺼워져 뺄 수밖에 없었던 결혼반지는 빠른 시일 내에 제자리를 찾을 수 있을 줄 알았지만 전혀 아니었다. 그 대신 '아기띠'라는 어마어마한 영향력을 가진 패션아이템이자 육아메이트가 그 자리를 차지해 버렸다.

때로는 아기띠로 아기를 안은 채 유모차에 갖가지 짐들을 싣고 다니는 내가 스스로 우스꽝스럽게 여겨졌지만, 그마저도 아기가 울지 않고 얌전히 동행만 해준다면 고마웠다. 괜찮았다.

난해한 나의 패션도, 나의 외출도, 내 곁의 아기가 모두 설명해 주고 있으니 나는 굳이 이 난해한 패션을, 당황스러운 상황을 변명할 필요가 없었다.

나의 이유 있는 패션 변천사

038

34년전,
서른살 엄마와 다섯살 언니
그리고 두살배기 나.

2017년 ,

서른 여섯 - 엄마가 된 나와

대장 서우 , 두상 동우 .

엄마,

어느새 나도 5살, 2살 아이 엄마가 됐네.

엄마가 나더러 바늘에 실 길게 꿰는 거 보니 시집 멀리 가겠다고

엄마도 그래서 제주도 남자인 아빠한테 시집갔다며

농담으로 얘기했지만

지금 난 엄마와 아주 가까이에 살고 있어.

엄마, 지금 많이 힘들지?

엄마가 내 첫 아이, 엄마의 첫 손주를 무려 15개월 동안

나 대신 키워줬어. 가장 힘든 시기에 말이야.

나더러 회사 계속 다니라고, 엄마처럼 살지 말라며.

근데 둘째까지 낳다보니

지금은 나도 집에서 아이 둘을 키우고 있네.

그래도 그 15개월 동안 회사생활 참 잘했어.

해외 출장도 여기저기 잘 다녔지.

다 엄마 덕분에.

엄마가 첫째 서우 맡아 키워주는 동안
아들엄마 노릇 이렇게도 해보는구나,
쓴웃음 지으며 얘기했었는데
제사 꼬박 지내는 집안에 시집 와서 둘째까지 딸이라
나 낳고 눈물이 멈추지 않았었다는 그 얘기는,
지금 다시 생각해도 가슴이 너무 아파.

아이 둘 키우며 힘들어하는 나한테,
엄마가 그런 얘기를 해주더라.
아끼지 말고 줄 수 있을 때 아이들 마음껏 사랑해 주라고
살아가느라 지쳐서 몰랐는데
그때 더 사랑하지 못한 게 너무 후회된다고
근데 난 엄마가 나를 얼마나 사랑해 줬는지 다 알고 있어.
지금도 뼈저리게 느끼는 걸.
우리 집 냉장고에 있는 반찬 대부분이
나 고생 덜하고 우리 가족 잘 챙겨 먹이라고
엄마가 정성스레 만들어 준거니까.

엄마,
힘든 시기 잘 버텨줘서 고마워.
나의 엄마여서
정말 고마워.

타
이
머

10   9   8   7   6   5   4   3   2   1   찰칵-

나중에 엄마, 아빠 보려구_
어린 너를, 젊은 나를.

육아의 진리

당연한 것인데
당연하기 쉽지 않은
당연한 모든 것

육아의 진리 _

배 부르고 잠 푹-자면 잘 논다!

2017. 7. 5. 새삼 당연함이

최진실, 안재욱, 차인표 주연의 〈별은 내 가슴에〉라는 드라마를 챙겨보던 때였다. 저녁을 먹고 너무 졸려서 엄마한테 시간 맞춰 깨워달라고 부탁한 뒤, 내 방 침대에 누워 잠을 청했다. 문득 이상한 기분이 들어 눈을 번쩍 떴을 땐 이미 드라마가 끝나고도 30분이나 지난 상황. 침대에 앉은 채 엄마에게 왜 나를 깨워주지 않았느냐 투정하면서 침대 옆 벽에 괜한 화풀이를 했었다. 엄마는 내가 탕 탕 벽을 치는 소리에 "벽을 왜 쳐! 그 벽 약해서 뚫릴지도 몰라!"라고 경고했고, 잠시 후 나는 "엄마… 벽 뚫렸어"라고 기어들어가는 목소리로 말했다.

그 후 덧방된 그 벽을 볼 때마다 나도 엄마도 말을 많이 아꼈던 기억이 난다. 석고 벽이 웬 말인가. 아파트 부실공사 때문이라고 지금도 나는 나의 무죄를 주장하는 바다.

드라마 시청은 아마 그 시절 내 낙이었을 거다. 사춘기 소녀에게 근사한 남자주인공이 나오는 드라마를 보는 일이란 꽤 설레고 기분 좋은 일이니까.

육아를 하면서부터 나의 낙이란
애들을 재운 밤, 나만의 시간이다.
야식을 먹고, 못 봤던 영화를 챙겨보거나, 채널을 마구 돌려가며 텔레비전을 본다. 그림을 그리기도 하고, 텔레비전을 틀어놓은 채 스마트폰으로 '좋아요'를 누르거나 댓글을 쓰고, 이모티콘 표정을 따라 하기도 한다.

그 날도 어김없이 애들을 재우면서 졸음이 쏟아졌지만 정신력으로 버티고 거실에 나와 텔레비전을 켜고 누웠다. 하지만 눈을 떴을 땐 새벽 4시. 우리 집 알람 승우가 깨어나기 한 시간 남짓 남았을 무렵이다.

억울했다. 잠든 나를 깨우다, 잠결에 낸 나의 짜증에 깨우는 걸 포기하고 방에 혼자 들어가 버린 남편을 원망도 해봤다.

내 시간은 그렇게 사라져 버렸다.
내 유일한 낙은 그렇게 잠들어 버렸다.

드라마를 놓쳐 벽을 뚫어버린 중학생 소녀와,
그 밤 잠들어버려 너무나 허망해 하던 아기 엄마는
그렇게 오버랩 되었다.

티가 많이 나지 않아도 헤어스타일에 꽤 큰돈을 쓰던 시절이 있었다.

별 생각 없이 들어갔던 프랜차이즈 미용실에서 손질한 머리가 심하게 상한 뒤부터였다. 심각한 머릿결을 해결하기 위해 미용실을 찾아봤던 기억이 난다. 어렵게 찾은 미용실은 다행히 원장님의 실력 즉, 내 머리의 문제점과 내가 원하는 것을 정확히 집어내는 능력이 출중했다. 그 후로 한 달에 한 번은 방문해서 클리닉을 포함한 그 미용실의 모든 서비스를 즐기는 경지에 이를 정도로 애용했다.

임신 중에는 머리가 너무 하고 싶어서 딱 한 번, 인체에 무해한 좋은 재료로만 펌이나 염색을 한다는, 인터넷에서 꽤 입소문이 난 서울 논현동 소재의 미용실을 찾아가서 머리를 하고 아주 개운한 기분을 맛보았던 경험도 있다.

출산만 하면 이 거지(!) 같은 머리에서 탈출할 줄 알았는데… 거울만 보면 자신감이 뚝뚝 떨어지는 나의 머리는, 나와 가슴으로 끈끈하게 이어져 있는 아기를 맡긴 뒤에야 겨우 바뀔 수 있었다. (그마저도 모유수유 때문에 펌이나 염색은 꿈꿀 수 없었지만) 머리카락 길이만 짧아지고 드라이로 가볍게 매만져 주었을 뿐인데도 이전 머리와는 비교도 안 될 만큼 상큼한 머리로 재탄생되었다.

아, 물론 그 날뿐이긴 했지만…
머리를 했다.

지금의 너와 나에게

시간이 왜 이리 더디 가는지 참 답답했는데
내 옆에 벌써 이만큼 자라난 너를 보며

이렇게 빨리 지나갈 순간들이었다면
그때의 너를 좀 더 기꺼이 안아줬을 텐데

부디
지금의 너와 내가
충분히 교감하는 하루하루이기를…

미래에서 온 내가 _{네게} 알린다, "지금을 누려!"

"그 정도면 꽤 잘하고 있다구_"

2019. 6. 14. 태양

뽀
뽀

입술을 쭈-욱 내밀면

후-욱 다가와

입 벌리는 너 ^^ ㅇ

내가 널

오늘은 우리 가족이 놀이공원에 다녀왔지. 처음이었어.
엄마는 네 동생의 유모차를 계속 밀고 다녔지. 네가 아빠랑 놀이기구를 타는 모습은 보기만 해도 참 좋더라. (실은 나도 이용권을 끊고 교대로 탈 걸, 네 아빠에게 투정부렸단다.) 너는 잘 놀아서 피곤했는지 주차장으로 돌아가는 길에 업어달라고 했어. 엄마는 기꺼이 너를 업었단다.

20대의 엄마, 아빠가 연애하던 시절에 장난삼아 아빠가 엄마를 업어준 적 있었어. 인적이 드문 심야 캠퍼스 안 오르막길이었지. 넓은 등에 기대어 행복해하던 것도 잠시, 내리막이 시작될 즈음 반대편에서 오고 있는 사람들을 보고 엄마는 아빠 등에서 미끄러졌단다. 참 쑥스러움이 많은 청년이었어, 네 아빠는.

넌 어떤 남자로 자라날까.

가끔 너의 먼 훗날을 상상하며 웃다가, 그때쯤의 엄마도 같이 떠오르면 괜히 헛헛해져. 그때는 더 이상 엄마에게 업어달라고 하지 않겠지.

내가 널 언제까지 업을 수 있을까.

자주, 기꺼이 업어줘야겠다, 너를.
다행히 아직 어린 너를.
실컷.

내가 널 몇 살 까지 업을 수 있을까_

2017. 10. 2. 놀이공원에서 집으로 돌아오는 길

그런 오후

유치원 다녀온 형아는 비몽사몽
소파 위를 자유자재로 오르내리는 동생은
항시 출동 대기 중

우리의 오후는
고요한 듯 고요하지 않고
엄마만 유난히 부산스러운

그런 오후

곁에게 기대어

너에게 기대고 싶었던 어떤 날_

고
마
워

ㄱ . 아 . 워 .

그냥, 여 — 2019.6.25

가족의 완성

사실 혼자가 훨씬 편하다.

하지만 이제 혼자는 허전하다.

옆에서 계속 까불거리고 쫑알거리는 네가

어느새 익숙해졌나 보다.

지치지 않는 너와 있다 보면

그 사람 생각이 많이 난다.

나와 함께

너를 공유할 수 있는 유일한 그 사람…

너와 닮았지만 참 다르고
너와 다르지만 예전 너의 모습을
가장 많이 떠오르게 하는 아이까지.
우리는 그렇게 온전한 넷이 되었다.

상상이 힘이 되는 날

혹시, 너의 머릿 속에선 -

영아의 콩깍지 ♡ 2017. 6. 8

세
남
자
가
아
플
때

우리 집 남자들이 동시에 아픈 적이 있었다.
증상은 비슷했지만 병명은 제각각.

나는 아프면 안 된다.
나까지 아프면 큰일 난다.

아플 수 있었던 출산 전이 그리울 정도
임신을 한 이후부터 나는 아프면 절대 안 되는 사람마냥
유난을 떨었다.

편도염

첫째 출산을 두어 달 남겼을 때다. 감기가 심해 병원을 찾았는데 항생제를 처방받았다. 의사는 태아에 영향을 미치지 않는 것이니 안심하라고 했지만, 나는 마치 죄를 짓는 기분이 들었다. 내 몸 하나 제대로 관리하지 못해 아직 태어나지도 않은 내 아기에게 약을 먹이는 것 같았으니까.

출산 후에는 내가 아프면 아기를 보살피는 데 집중할 수 없었다. 모유수유를 하면 더 그렇지만, 모유수유를 하지 않아도 때맞춰 약을 챙겨먹을 겨를조차 없었다. 아기의 끼니를 빠뜨리지 않는 것만으로도 참 다행이다 싶었으니까.
남편이 집에 있을 때, 퇴근 후에나 주말에만 겨우 아플 수 있었다.

우리 집 세 남자 모두 아프던 그 날, 나는 절대 아플 수가 없었다. 나 역시 감기 증상이 있었는데 셋 다 아프니 오히려 생생해졌다. 자고 있는 우리 집 남자 셋을 보고 있자니 안쓰러우면서도 귀엽고… 나는 펜을 들고 그림을 그렸다.

그대들은 아프면 아파해도 괜찮아.
내가 있으니까.

정의의 이름으로 널!
용서하지 않겠다~!!

얼른 나의지를 - ㅂㅂ 2017. 7. 2

꽃과 아기

길가에 핀 코스모스가 너무 예뻐
아기에게 코스모스를 꺾어주었다.
아기는 그 코스모스를 다시 나에게 건넸다.
순간,

아기는 멋진 청년이 되었고...

꽃을 먹어버렸다 _

그 멋진 청년은 ,

다시 아기가 되었다. (제2편!!)

비가 여나 봐 !

너의 투덜짐로 시작되는_

2017. 6. 20 압뜰의 나비효라 ?!

꼬마 슈퍼맨

네가 아플 때마다
다시 생생해질 너를 상상하곤 해.

엄마! 난 괜찮아요~!!

2017.6.30 금배씽효 너ㅡ

다
컸
구
나

1

우리 아가 다 컸네~ 버스도 혼자 타고 ♪ 타다다 :b

과자 줍는 아가들

2017. 8. 29 14개월 라엘&승우

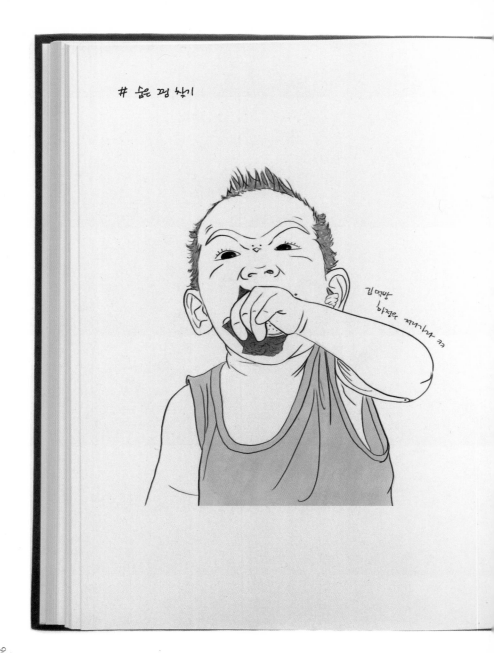

눈물 펑 참기

김영아 / 크기 재떨이가 작았음.

5가지 예요 ~

정답은 다음 장에..

정답 !

① 갈매기

② 물고기
(난이도 上, 철떡이형)

③ 아이스크림
↳술

④ 노박

⑤ (이음모를) 새 ^^;

\# 너만 보면 미소짓는 날

경례

새로 습득한 기술 하나.
경례란
머리를 팔에 붙이는 것.
까르르 뒤로 넘어가며 웃는 엄마를 보니
제대로 하고 있구나.

타
고
난
자
기
애

너 쫌...

멋.있.다!

2017. 6. 25
타고난 자기애 ♡

나는 나를 아낀다. 그리고 스스로를 꽤 높이 평가하는 편이다. 나와 성향이 비슷한 친구와 '자폭(자기애 폭발) 클럽'을 만들 정도로, 어떤 일을 선택할 때의 기준은 항상 '나'였다.

어느 날 승우가 거울을 보며 웃고 있었다.
뭐지? 어디선가 본 듯한 익숙한 이 장면은⋯
맞다, 승우에게서 내가 보인다.

여기 '자폭클럽' 회원 한 명 추가요~

나
의
아
저
씨

살벌하게
시원한 맛 !

한여름에는
하얀 런닝을 즐겨 입혀준다.
냉동실에는 온갖 종류의 아이스크림이 가득하다.

서우는 초콜릿 아이스크림을 먹을 때 가장 기분이 방방 뜬다.
'역시 애는 애야.'
그 순간, 내 눈에 비친 아저씨 한 명

가끔 서우의 얼굴에서
중년 아저씨의 얼굴이 오버랩 될 때가 있는데
그런 순간을 또 겪나 보다.

내 아들의 숙명
아저씨.
나의 아저씨.

개
미

개

코
딱
지
들

눈곱 없은 너의 눈 👁 👁
한 마디가 사라진 너의 검지 🖐
그 다음이 향므로 안정된 자세 ㅡ

이 "아침의 고요"는
너의 코 후비기 로부터...

2016. 5. 4. 수요일

110

남편이 초등학생 시절, 형과 함께 책상 아래 그득히 붙여놓았던 코딱지를 이사 가는 날 짐 빼면서 알게 됐다던 이야기를 시어머니께 들으며, 당시 함께 있던 남편과 아주버님의 배시시 웃는 얼굴이 마치 순박한 코딱지들이 웃는 거 같아 한참 웃었던 적 있다.

가르쳐주지 않아도 '코 파기'는 자연스레 터득되는 모양이다.
그런데 가끔 아들이 코를 파는 모습에서 어릴 적 남편의 모습, 어릴 적 내 모습을 떠올리게 된다.
불현듯 종이접기 '김영만' 아저씨의 친근한 말이 들리는 듯하다.

"안녕, 코딱지들아."

너를 맞이하는 일

나를 향해
힘껏 달려오는 너에게
내가 유일하게 할 수 있는 것.

세상에서 가장 환한 미소로
두 팔을 벌리는 것.

소리없이 웃는
이ㅅ번데기 하
사람이라고
2013.1.18
손승우 7개월

리
모
컨

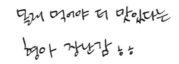

자기 눈에만 보이지 않으면 완벽하게 숨었다고 착각하는 어설프고도 귀여운 '숨바꼭질'이 시작되었다. 보여도 보이지 않은 것처럼 아이를 애타게 찾고, 이내 아이가 눈을 반짝이면 소스라치게 놀라는 메소드 연기를 펼친다.

첫째 서우는 다섯 살이 된 지금까지도 엄마 아빠가 연기를 하고 있다는 것을 모르는 눈치다. 둘째 승우는 이제 시작한 지 얼마 되지 않았으니 내 연기 내공은 보통을 넘을 것이다. 남편은 나에게 종종 '발연기'를 한다고 놀리지만, 아이들에게 내 연기는 '여우주연상' 그 이상일 거다. (아, 연기란 걸 모르는구나!)

아무튼 이 끝나지 않는 숨바꼭질에서 숨고 찾는 것은 그다지 중요하지 않다.

아이의 무한반복 숨바꼭질에서 중요한 것은, 얼마만큼 이 당연한 것을 당연하지 않게 임하고 있느냐다. 아이가 열 번째 숨고 나의 반응을 또 기대하고 있을 때 마치 그것이 처음인 양 놀라고 즐거워하는 것, 그게 가장 중요하다.

훗날 더 이상 숨지 않고, 나에게 그 어떠한 반응도 기대하지 않을 만큼 커버린다면 오늘의 이 숨바꼭질이 몹시 그리울 거 같다.

숨은 너도, 너를 찾았던 나도.

골~ 인 !!

그리고 시.작.

걷기 시작하면 뛰기 시작하고,
뛰기 시작하면 멈추기 싫어하는—
너와 나의 움직이는 체력장이 시작이구나 !!   제명순 ♡♡

갓 걸음마를 시작한 승우가 귀엽고 감동스러우면서도, 내 체력을 미리 걱정하게 된다. 첫째 서우의 걸음마를 처음 겪을 때와는 사뭇 다르게 받아들여지는 둘째의 걸음마.

그래도… 너를 응원해.
너의 걸음을, 너의 성장을.

내 앞에 있는 너를
나와 마주하고 있는 너를
내 눈을 바라보고 있는 너를

네 앞에 있는 나를
너와 마주하고 있는 나를
네 눈을 바라보고 있는 나를

사랑한다.
사랑하고 있다.

"눈맞춤"

밥
파
워

전보다 강해졌다.
이것이 밥의 힘인가.

기나긴 이유식을 거쳐 드디어 유아식 시작!
두둥~

밥 파워

ㅅ

강해졌다!!

2017. 7. 7. 밥이라도 힘내는 공우일

멋짐 폭발

요즘의 너는,

까불기 위해 태어난 아이같아 ...

희번덕의 끝판왕

반응해주지 않으면 괜찮겠지, 그만하겠지

아무리 다짐해도 볼 때마다 놀란다는.

왜 이러는 걸까요...

2018. 1. ?

"오늘도 나는 내 할일을 할 뿐_"

2017. 9. 17. 일요일
15개월, 동우

129

너
의
대
야

작지만 충분히 크고
심지어 간단한
너만의 바다

(바다가 별 거냐 ㅎㅎ)

도둑이 제 발 저리는 거니.

나름 이유가 있어서 억울한 거니.

엄마가 방해한 거니.

조용한 아침은 늘 불안했거늘…

덕분에 오늘은

엄마가 서랍 정리하는 날이로구나!

오늘할일

왜 내가 더 억울한거냐!!

2017. 9. 23. 토요일 아침.
승우 15개월

1. 부엌으로 후다닥 달려간다

2. 쌀 씻는 대야를 냉장고 옆으로 옮긴다

3. 대야 위로 몸의 위치를 맞춘다

4. 엄마에게 의미심장한 미소를 지어 보인다

5. 대야에 앉는다

6. 발을 이용해 대야에 앉은 채로 돈다

7. 저엉말 재미있어 한다

┌─────────────────────────────┐
│ 19개월 동우의 자체 개발 놀이 매뉴얼 │
└─────────────────────────────┘

눈
코
입

눈을 정확하게 집어내며
나를 깨우는 이 녀석.
요즘 한창 눈코입을 깨우치더니
눈코입, 그중 제일은
눈 찌르는 것이더냐.

(으~으 내 눈!)

2018. 1. 1. 운타

가족이란

가 족.

빈 곳이 채워지는 것_

2017. 6. 8

몹시도 힘들었었던 날

서우도 이 시기에 그랬을까? 무슨 애가… 졸린 게 분명한데 잠들진 않고 바닥에 내려놓기만 하면 운다. 친정엄마가 서우를 봐줄 땐 몰랐다. 육아가 이런 건지.

주말에만 만나는 서우에게 미안해서 회사를 계속 다녀야 하나 말아야 하나, 그 고민만 했었지. 그게 육아의 고충을 충분히 겪고 있는 거라고 생각했는데 아니었네.

무슨 정신으로 사는지 모를 요즘이다.

그나마 첫째가 어린이집에 다녀서 둘째만 돌보니까 한결 낫지만 그렇다고 해도 밀린 집안일 하다보면 내 끼니를 놓치고 만다. 평소 빵이랑 커피만 먹어도 괜찮았는데 오늘은 유독 허기지더라.

하아…
언제쯤이면 이 생활이 나아질까.
그래도 오늘은 컵라면에 밥까지 말아먹었다.

엄마가 되고
매순간 행복하기만 했었던 건 아니야.

벗어나고 싶다는 생각
다시 자유로워지고 싶다는 생각
수없이 많이 했어.

너의 엄마라서 좋지만
내가 엄마라는 건
아직 너무 낯설거든.

손톱 깎기

예전엔 몰랐지.

손톱 깎는 게 이렇게 어려운 지_

2017. 4. 30

모유수유 그리고 단유

첫째와 둘째 모두 조산원에서 자연주의 출산을 하고, 출산 다음 날 바로 일반 산후조리원에 모자동실을 선택해 들어갔다. 나름대로 공부한 '출산'에서 아기가 태어난 직후부터 '모유수유'는 큰 숙제 중 하나였다.

뜻대로 잘 되지 않았다. 일부러 산후조리원을 선택할 때 모유수유 권장 여부를 꼼꼼히 확인했음에도 산후조리원 두 군데 모두, 여느 산모와 조금은 다른 출산을 하고 모유만 고집하는 나를 이해하지 못했다. 심지어 아기를 배고픔에 시달리게 하는 무지한 초보엄마, 또는 이럴 거면 왜 산후조리원에 들어왔지, 하는 눈치였다.

그렇다고 내가 계속 모유수유만 했던 것은 아니다. 첫째는 회사 복직 때문에 3개월까지만 모유수유를 했고(그것도 분유를 병행한 혼합수유였지만), 둘째는 육아 휴직 중이어서 그나마 1년 조금 넘게 모유수유를 했다. 산후조리원에서 내가 고집(?)했던 모유수유란, 아기가 엄마 젖에 완전히 적응할 때까지 젖병으로 아기에게 혼란을 주지 않을 것, 또 초유를 남김없이 다 줄 것, 이 두 가지였다. 이 두 가지 미션을 완료하고 나서야 분유든 모유든 가리지 않고 아기에게 먹이기 시작했다.

첫째 서우는 모유를 먹인 기간이 짧았기 때문에 단유할 때 내 고통만 감수하면 됐었다. 하지만 둘째의 단유는 승우가 너무 괴로워했다. 괴로워하는 승우와 더 괴로울 수밖에 없던 나였다. 사실 내 수유방식은 문제투성이였다. 아기가 보채면 무조건 젖을 물리던… 나 편하자고 유지한 모유수유였다. 그에 길들여진 승우에게 갑자기 모유를 끊으니… 서로 괴로운 그 상황은 정해져 있었던 거다.

단유를 결심하고 보름이 넘는 시간 동안 힘든 날의 연속이었지만, 그 이후로 승우는 나름 잘 자고 점점 괜찮아져 갔다. 나 역시 여러모로 괜찮아져 갔다. 물론 다른 문제로 다시 괜찮지 않은 순간은 때때로, 아주 자주 찾아오긴 했지만…

머리로 가슴으로 백번 천번 헤어져봐도

매번 엔빵으로 치닫는 너의 잠투정 —

아아 어쩌란 말이냐...

2017. 7. 12. 단유 4일째
(재웠다는 게 가장 쉬웠구나.. ㅇ)

149

설거지도 어려운

밥 먹는 거
화장실 가는 거
자는 거

아무 생각 없이 쉽게 하던 것 전부
이제는 너무 어렵고 어렵다.

엄마는 요즘 너무 어렵다.
너무 힘들다…

2017. 8. 10.

모든 것이 내뜻대로 되지 않던 날

왕만두

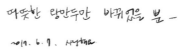

문득,

엄마따라 장에 가서 얻어먹던

100원짜리 왕만두가 생각나네 _

그 시절 나의 젊은 엄마도

오늘 같았지 ..

따뜻한 왕만두만 바뀌었을 뿐 _

2017. 6. 1. 서상해요

할머니 찬스

오늘도 엄마는 "엄마찬스"
너는 "외할머니 찬스"

2016. 11. 17
조승우 5개월

첫째를 낳고 출산휴가 후 복직해 악바리처럼 버티고 버티며 다니던 회사를 드디어 그만두었다. 둘째를 낳고 다시 돌아갈 자리가 없어질지도 모른다는 것을 감수하고 냈던 육아휴직 끝에, 수화기 너머 낯선 인사팀 담당자의 절차상 묻는 복직 의사에 얼굴 뜨거워지도록 어버버, 왜 그리 깔끔하게 대답하지 못했는지.

그렇게 내 미련은 미련하게 마무리되었다.

지난 8년 동안 이 회사에서, 결혼과 두 번의 출산을 겪었는데, 전자결재 사직서는 신상정보 기재와 클릭 몇 번으로 간단히 처리되었다. 이렇게 간단할 수가.

다 내 선택이었다.
서글픈 나의 선택.

나의 연애이 서글픈 날.

사직서를 냈다. 복직을 비지 않고
이미 각오하고 있었지만,
쏟 않은 살키다 묵게 결정 기분이다. 2017. 6. 16

. . .

감정 보사기

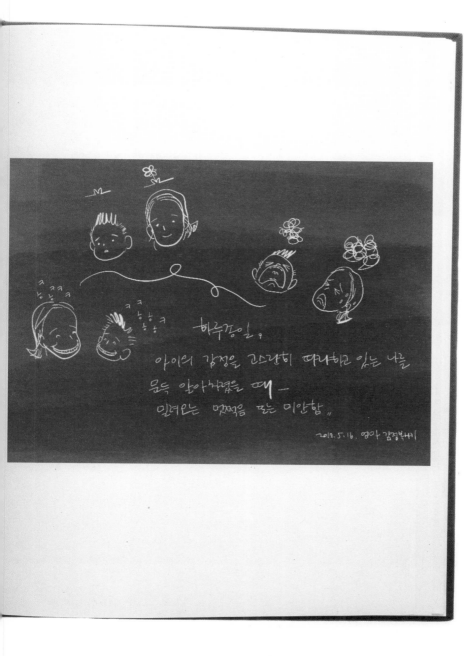

남편이 아빠로 보이는 날

스무 살, 스물한 살 풋풋했던 그 남자와 그 여자는 장난처럼 10년 뒤에 결혼하자 했던 말이 실화가 될 줄은 몰랐을 거다. 그리고 연인에서 친구로, 친구에서 부부로, 부부에서 동지가 될 줄은 더더욱 몰랐을 거다.

결혼 초반 지인이, 10년을 연애하고 더 새로울 게 있냐고 농담 삼아 던지는 물음에 아주 진지하게 대답했던 기억이 난다.

새로워.
시기마다 새로워.

처음 만났을 때 그는 풋풋하고 순수했다. 그리고 귀여웠다. 막 군인이 된 그는 안쓰러웠고, 군대를 제대하고 학생 신분으로 회사원 여자친구를 만나는 그는 티내지 않으려고 했으나 조금 조급해 보였다. 신입사원 때 그는 군인이었던 시절보다 더 군기가 바짝 들어가 있었고, 우리 결혼하는 거야? 라는 그녀의 물음에 바로 대답하지 못했으나 일주일 뒤 진지한 대답을 전했다. 그렇게 2년 뒤 그녀와 결혼을 했다.

그는 신중하고 좋은 남자였다. 믿음직스러웠다.

그는 야근하고 지친 아내를 위해 정성껏 요리를 해주고 편안한 미소까지 지어주는 사람이었다. 임신한 아내 대신 기꺼이 집안일을 도맡아 했으며, 그럼에도 틈틈이 게임에 빠져 살았다. 그래도 자기는 현질(게임에서 돈을 주고 아이템을 사는 일) 하는 사람은 아니라며 자랑했다.

조산원 화장실 변기 위에서 자신의 허리를 붙잡고 한참을 흐느끼며 힘겨워하는 아내를 보며 함께 눈물을 흘리던, 아내와 출산도 함께 경험한 남자다.

이제 그는 아빠가 되었다. 그것도 참으로 노련한 아빠다.

언제부턴가 나는 그를 '육신'이라 칭한다.
육아의 신.

'육신' 남편은 점점 레벨을 갱신하고 있다. 현질을 하지 않고 뽐내던 게임 실력은 어쩌면, 지금을 위한 연습단계가 아니었을까.

육 아의 신

다리로 아이를 편안한 채 손톱을 깎아주는
노련한 둘째 아빠 방울 (ㅇ~ㅇ~)
아름다워요. 당신 ♡ 2017. 6. 5

이
또
한
지
나
가
리
라

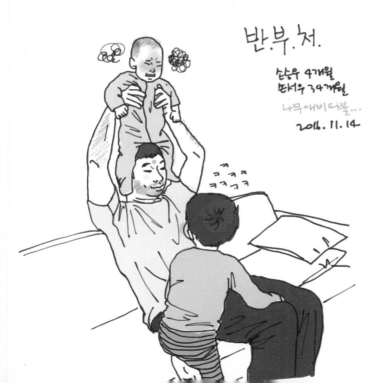

반.부.저.

난누우 4개월
논서우 34개월
나무애비티불...
2016. 11. 14

하트가 되지 않는 이유

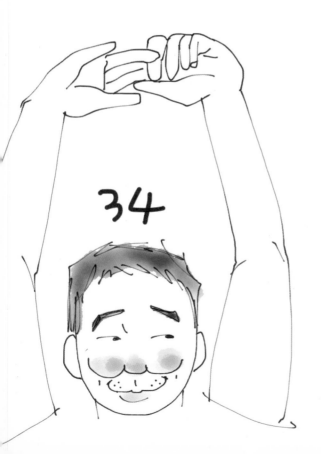

34

4

우리가 우리에게

우리 부부, 휴일에 마음껏 자본 적이 언제였지.
우리 부부, 가장 최근 영화관에서 본 영화가 뭐였지.
우리 부부, 단둘이 데이트… 해봤었지?
우리 부부, 얼굴 마주하며 진지하게 얘기 나눠본 지가…

우리…
괜찮은 걸까?
우리는 우리였는데,
요즘의 우리는 우리가 아닌 것 같아.
나는 엄마, 당신은 아빠
우리 부부, 잘하고 있는 걸까?

때로는, 아주 가끔은…
서로 얼굴 마주하며
잘하고 있는 거라고,
나는 당신에게
당신은 나에게
그렇게 말해준다면
우리 좀 더 힘낼 수 있지 않을까?

휴인이지만 편하게 장들지 못하는 당신.
"들어가 자~" 몇 번을 망설이다 말 못하는 나.

2017. 5. 8. 함께 녹천 기다리는 이 밤에 유독

모
자
바
꿔
쓰
기

너를 보며 아빠의 어린 날을 상상하곤 해.
아빠를 보며 너의 먼 훗날을 상상하게 돼.

엄마가 미끄럼는 이유 _ 2017. 7. 8. 토요일

우리 부부에게 신혼 때는 없던 습관이 새로 생겼다. 아이들을 재운 밤마다 무언가 먹을 궁리를 하는 거다. 거의 치킨이지만 매일 시켜 먹는 것은 자제하고 있다.
가볍게 먹기도 한다. 지금은 조금 바뀌었지만, 나는 주로 우유에 죠리퐁을 말아먹는다. 남편은 과자와 맥주 캔 하나 정도다.

가볍게 먹든, 무겁게 먹든… 아이들 방에서 갑자기 짧은 울음소리가 날 때면, 순간 숨죽이며 먹는 것을 멈춘 채 서로 바라본다. 잠시 후 아이가 심하게 울기 시작하면, 서로 말하지 않아도 자기 차례를 아는 누군가는 탄식을 하며 방으로 터덜터덜 들어간다. 남은 누군가는 먹던 것을 마저 먹는다.

신혼 때는 없던 우리의 새로운 규칙이다.

오늘도 잘 지냈구나

띠띠띠띠띠…
문을 열자마자 달려드는 아이들을
어김없이 번쩍 안아 올리며

오늘도
잘
지냈구나.
너도,
아빠도.

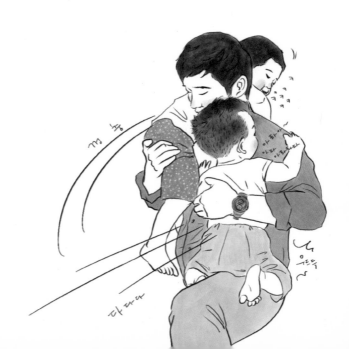

172

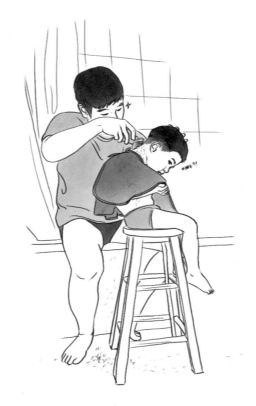

세상 진지한
아빠와 아들의 투블럭 헤어스타일
또는 호섭's 스타일.
그래도
이제는 제법
프로페셔널하다.
적어도 아들 헤어스타일에 있어서는 1인자.

기
다
림

기 다 림_

너는 그것을,
아빠는 너를..

2016. 12. 17

산
타
는

너
의

곁
에

매순간

    산타는 너의 곁에

      있었다.

        메리 크리스마스 ♡

        2016. 12. 6

번개맨과 수다맨

일요일 아침,
필수코스-
(음성지원) (한정모드)
번개!
번개!
번개애애~~파워 ⚡

2017. 3. 5
유시원님 때문에
번개맨을 수다맨으로 등하시킨 아빠.

둘
사
이

둘이 뭐하나

자꾸 합쳐보게 돼~

2017. 8. 6 생일쯤에.. 써 않 픈는 탸부자~ ♡

초콜릿을 먹다가 생긴 멋스러운 수염에
동지가 되는 부자 사이
부 럽 네 .

엄마는 그냥 좋고,
아빠는 제일 좋다는 너.

너의 세상에서 아빠는
제일 크고 멋질 테니까.

그거 아니?
엄마의 세상에서도 그래.

아빠로 태어난 사람

아빠의 아들로 태어난 사람

아빠로 태어난 사람.

좋은 아빠

를

닮은 수 밖에 없는,

아빠의 아들 _

2017. 6. 18. 동우의 많자 생일날 ♡

그는 운동에 자신 있는 사람이었다. 운동 자체를 극도로 싫어하는 나와 다르게, 각종 스포츠뿐만 아니라 생활 속 틈틈이 스트레칭을 즐기는 활력 넘치는 남자였다.

그런 그가 조금은, 실은 아주 많이 달라졌다. 육아와 함께, 책임감 무게만큼의 살이 많이 더해졌다. 10kg가 훨씬 넘는 살덩어리가 더해졌다. 더 이상 표준 사이즈 'L'을 입는 남자는 없다. 날렵한 턱선은 귀여운 목살에 흡수된 지 오래다.

그런 그가, 애들을 재운 밤마다 자기 등을 밟아달라고 드러눕는다. 처음에는 아플까봐, 한 발은 바닥에 지지한 채 다른 한 발로 살살 밟았지만, 더 세게 밟아달라는 요청에 무당이 작두를 타듯 두 발 사뿐사뿐 그의 넓은 등을 활보하게 되었다.

둘째까지 걷기 시작하니 그는 더 바빠졌다. 내 발도 바빠졌다. 애들이 깨어 있을 때는 매우 다이내믹한 놀이기구를 자처하는 그가 자랑스럽고도 안쓰러워 오늘도 난 그의 등을 정성스레 지르밟는다.

" 여보, 나 많이 커졌나 ? "

" 어 ? .. 어 ㅇㅇ 커지긴 했지 _ "

결혼 후 10 kg 체중이 느는 남편의
신선한 질문.
뭔가 긍정적이면서도 단순명쾌한 _
" 여보 ! 나도 커졌어 ~ !!! "

2017. 6. 10

앞
치
마
가

작
다

당신은 크다.
나에게도
우리 아이들에게도
당신은 매우 크다.
당신은 지금도
우리에게 점점 더 커지고 있다.

너무 조용해서 봤더니,
TV 속 운동을 조용히
따라하고 있었구나 !

잠든 아빠도 배려하고 있었구나_
너도 모르게, 아빠도 모르게.

아빠가 되기 전

아기를 낳고 나서 부쩍 피곤해하는 당신을 보며

나도 나지만 참 안쓰러웠는데

아빠가 되기 전에도 당신은… 비슷했네요.

그래도 그땐 피곤할때 쉴 수는 있었지.

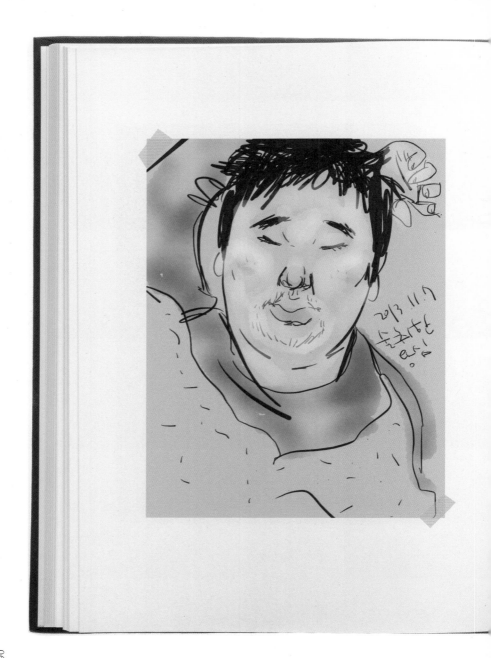

둘째를 꿈꾸는 날

어느 날 아이 하나인 엄마 아빠는 막연히 생각했다. 이 아이에게 동생이 있다면 분명 외롭지 않고 더 즐겁게 커 갈 수 있을 거라고.

물론 내가 둘째 승우를 낳을 결심을 한 이유가 첫째 서우를 위한 것은 아니었다. 다만 첫째 아이를 위해 둘째를 계획한다는 사람들이 간혹 있어서 하는 말이다. 그 이유 때문에 둘째를 꿈꾸고 있다면, 그건 첫째를 위한 것이 결코 아니라고 말해주고 싶다.

둘째 승우를 낳고 산후조리하는 내내 첫째 서우에게 미안한 마음
이 들어 거의 매일 울었다. 아이 둘을 돌보는 게 힘들기도 했지만
승우를 돌보다보면 서우의 마음을 읽을 겨를 없어 본의 아니게
모질게 대하거나 소홀히 대했던 것이다. 서우가 네 돌이 다 되어
가는 지금도 여전히 서우에 대한 미안함이 가슴 한 켠 아프게 자
리 잡고 있다.

첫째를 위한 둘째는 결코 없다.

극한 ~~치킨~~ 육아..
이 또한 우리의 선택이었다ㅡ

2017 정유년 새해의 어떤날,
치킨이 웬말도 땡기던 날.

남매를 원했었다.

왜 당연히 둘째는 딸일 것만 같았는지…

18주쯤 산부인과에서 또렷한 무언가(!)를 보고, 내가 본 게 맞는
지 의사 선생님께 재차 확인하고 나서야 내가 아들 둘의 엄마구
나 망연자실했다. 산부인과 구석에 있는 벤치에 홀로 앉아, 회사
에 있는 남편에게 우리의 둘째는 또 아들이라며 카톡을 보내며
눈시울은 붉어지고… 사연 많은 여자처럼 눈물을 흘리며 산부인
과를 나서던 기억이 아직 생생하다.

왜 그랬을까. 지금 생각해보면 딸이건 아들이건 크게 중요하지
않은데 말이다. (힘든 건 마찬가지라…)

첫째와 닮았으면서도 은근히 다른 둘째.

여전히 경이로운 유전자의 힘.

형아는 효곤둥이
동생은 바나나 처발기 ㅋㅋ
(딸기도 잎어요 🍓)

2016. 9. 24. 죽기전 강바서간

33m+

3m+

네가 만약 딸이었다면 _

상상만으로 즐거워지는

딸들의 패션 아이템 ..

부여우면 거능걸의
부산ㄴ이다~ㅇ 2017.7.18 아들둘 엄마

첫
대
화

뜻밖의 순간
뜻밖의 선물

"너, 마음 속에 형아 들어있어?"
두자리 형제의 뜻밖의 대화 ♥
2017. 1. 11. 엄마

아아_
너무 예쁘잖아 !!
2017. 1. 8. 내사랑 면병제♡

둘째를 낳고 가장 뿌듯한 순간이다.
엄마만 바라보고 각자의 이야기만 하던 아이들이
서로 바라보고 반응하는 순간들.
점차 횟수가 잦아지고 반응들이 커지고 있다.

형제는 그렇게 형제가 되어가나 보다.

알록달록 빨노파 색색의 옷들이 있을 법한 아이 옷장에는 회색,
검정, 모노톤의 옷들이 즐비하다. 심지어 이불, 매트 등 집안 곳곳
의 패브릭들은 죄다 모노톤의 단순한 패턴뿐이다.
그중 단연 압도적인 수의 스트라이프. 내가 제일 좋아하는 패턴.
우리 아이들은 엄마의 취향에 심하게 노출되어 있다 보니 의도치
않게 스트라이프 투성이가 되곤 한다. 그것도 너무 자주.

그래도 취향은 존중되어야 하기 때문에
엄마의 스트라이프 사랑은 계속될 듯하다.

유치원 가기 전 AM8:40 서우,

화장실 밖에서 서우 형 따라 칫솔 들고 있는 승우

나란히 이를 닦을 날도

이제 곧— 2013.1.24

시
너
지

둘이라서 좋은,
마냥 좋은,
그냥 좋은 ―

2017. 4.4 화요일 저녁 _ 좋은 마무리

첫째 서우는 이미 누워 있고, 둘째 승우를 눕히려는데
승우가 발버둥치며 칭얼거린다.
그 때 가만히 있던 서우 왈,

"포기하지 마! 네가 하고 싶은 대로 해."

상상이나 했겠니.
갓 태어난 승우를 옆에서 지그시 바라보던 네 입에서
이렇게 멋진 말이 나올 줄이야.

상상이나 했겠니

" 포기하지 마 !
　네가 하고 싶은 대로 해. "

엄마도 못한 말을 네가 해주는구나.
좋은 엄마는 몰라도
승우에게 좋은 형이 있는 건 분명하다.

엄마미소 유발

이 순간 번지는

내 입가의 미소 ☺

아 ̶ 이것이 진정 엄마미소더냐 ㅎㅎ 2018. 1. 27

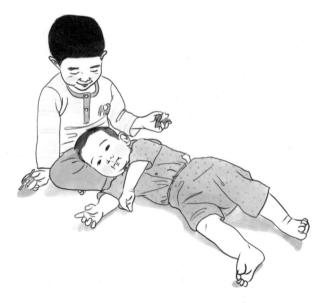

말하지 않아도 알아요. "우리 형이 참 좋아요."

2017. 5. 6. 야성반 형아무릎에 기대어-

" 형은 용서해줄게 !! "

장난으로 둘째를 혼냈더니, 함께 와-
무서 이 방향은 ٥٥ 이 구역 (백댕이)가 된 기분 ㅎ
2019. 6. 18 째르르르 공아♡

간식을 대하는 형제의 자세 1

신속하게
아끼려다 ~~나눠야할~~ 나눠가는 착한 형아 ♡

(승우야, 그건 비끼야...)

2017.5.16   형제는 달돈도 남 다정했다

간식을 대하는 형제의 자세 2

살다보니

이건 날도

15개월 동우

데
칼
코
마
니

오늘도 데칼코마니, 데자뷰 —
형제 덕분에 오늘도 겪는 이 순간, 이 느낌

2019. 5. 24 세 살과 여섯 살, 쌍둥이 같은 날까지 ㅋㅋ

서우는 승우만 할 때 애착인형이 있었다. 어찌나 코를 물어대고
놓지 않는지… 두 개를 사서 번갈아 빨아주곤 했었다.

서우 16개월 즈음 - 애착인형 ♥

당연히 승우도 형처럼 애착인형이 필요할 것 같아, 서우가 아끼던 인형을 꺼내주었다. 하지만 승우는 본체만체. 혹시나 하고 다른 인형을 안겨줘 보아도 딱히 아낀다는 생각이 들 만한 행동은 하지 않았다. 애착인형이 필요 없는 아이도 있구나 싶었다.

그러다 승우가 텔레비전을 보는 형의 머리를 쓰다듬고 있는 장면을 우연히 보게 되었다. 요즘 들어 부쩍 형아 뒤만 졸졸 따라다니고 형이 하는 모든 것을 그대로 따라 하는 승우였다.

승우에게 애착인형 따위 필요할 리 없다.
아주 강력한 '애착형아'가 있으니.

16개월 승우에겐
애착인형이 필요없다.
" 애착형아 " 가 있으니까 ♡

넓은 데 다 놔두고
굳이 형이 앉은
그 좁디 좁은 공간에
기. 어. 코
엉덩이를 들이민다 _

2018. 1. 26. 해일

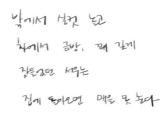

너와 나의 연결고리

밖에서 실컷 놀고

차에서 금방, 깨 길게

잠들었던 서막는

집에 돌아오면 매를 못 놀다

멍.때.린.다.

어디선가 후다닥 뛰어와

형아 옆... 다리 쪽에 드러눕는 동우.

♪ 너와 나의 연결고리 ♬

서우가 뜨리뜨이

웃. 는. 다 2018.1.6

계절을, 시간을, 추억을 한데 넣고 마구 섞어도
엄마에겐 언제나 한결같은 너.
해마다 너의 모습이 이렇게 달라지는 데도
네가 엄마에게 늘 같은 느낌인 이유는
머리가 아닌 가슴으로
너를 기억하기 때문일 거야.
너를 낳은 순간 가슴에 새겨진 기억으로
내가 눈 감는 그 날까지 너를 똑같이 추억할 거야.

지난 여름, 뜨거운 날 오어 위에서 —
까지 이여진 이 겨울엔
어떤 장면을 남기게 될까

리 2018. 1. 11

너
의

지
난
날

지난날 네가 입던 옷을 당연스레 입고,
지난날 네가 하던 것을 자연스레 하는 네 동생을 보며
어찌 너의 지난날을 떠올리지 않을 수 있겠니.

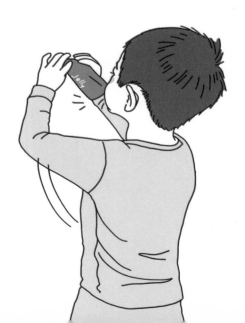

텔레비전을 나란히 앞뒤로 보고 있네.
옆으로 나란히 보는 게 더 낫지 않겠니?
승우가 앞으로 간 건지, 서우가 승우 뒤에 앉은 건지
별 게 다 귀엽다, 너희는.

팬
서
비
스

"팬 서 비스"

가끔 서커 앉아도
사진 찍는 엄마를 위해 _ 이렇게 ^^ ٥٥
2017. 11. 12. 이요의 애정 새벽.

뭔지 몰라도
따라 웃게 되는
형제의 쿵짝 웃음

엄마, 아빠도 공유하는 사이인데
뭔들.

공   유

이미 많은 것을 공유한 사이 -
(너무나 자연스럽게, 스스럼없이)

　　공유하는 방법을 이미 잘 알고있는 형제.

고분한 과한 사랑 ♡

~2017. 7. 4 막형제의 늦여가을 로맨스_

패션의 완성

이제는 유모차에 더 잘 어울리는

내 스카프와 모자

\# 너를 보며 생각하는 날

저마다 다른 관점이 있다는 것을 인정만 한다면, 할 수만 있다면
함께 사는 세상은 그리 어려운 게 아니란다.

" 엄마~ 강아지들이 나를 따라타요 !!!! "

네가 따라가는 거야… ^^11

2017. 10. 8. 리오맘

239

치
과

내 나이 다섯살에
  깨달은
  두려움에 맞서는 용기,
마음을 비우면
    비로소 보이는 것들...

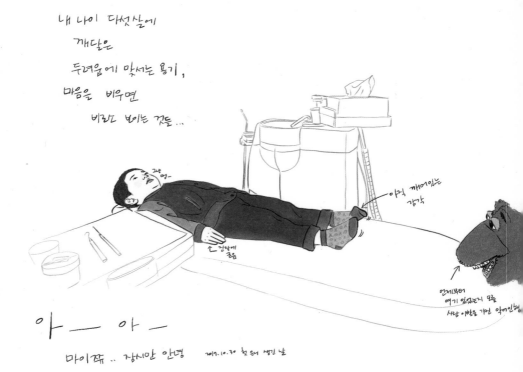

아 ─ 아 ─

마이쮸 .. 잠시만 안녕   2017.10.30 ○○에 생긴 날

다시 재우기엔
너무 말똥해져 버린 너.

ㅇ 점점 멀어지나봐 ~ ♪♫

2017. 7. 24
우리의 새벽 5시 -
과연 내일은‥
아 ~ 눈앞자리 보다 -
    한 여름 밤의 꿈 #

괜찮지 않은 어떤 날

회사 업무에 심신이 지쳐 있던 어느 날, 눈이 흐려 안과에 갔더니 결막염이라고 진단했다. 그런데 내 눈을 좀 더 자세히 들여다 본 의사는 숨을 고르며, 왼쪽 눈이 지금 '망막박리'가 진행될 수 있는 상태이니 레이저 수술을 받아야 한다고 덧붙였다. 망막이 아주 얇아진 부분이 있어 뚫리기 전에 레이저로 못을 박는다고 생각하면 쉬울 거라는 친절한 설명과 함께. 난 그 자리에서 목 놓아 울고 말았다. 비교적 간단한 시술이었는데 내가 너무 울어 의사는 적잖이 당황한 눈치였다.

괜찮지 않았다. 모르고 지냈으면 실명이 되었을 수도 있는 일이다. 하지만 그 당시 나는 실명에 대한 두려움은 생각할 수 없었다. 회사 생활에 몹시 지쳐 있었기 때문이다. 목 놓아 울 만한 계기가 너무나 필요했던, 벌써 십여 년 전 이야기다.

서우가 유난히 말을 듣지 않던 아침, 유치원 버스를 놓칠까봐 조바심에 아이를 크게 다그친 날이었다. 그럼에도 서우는 계속 까불거리며 내 속을 뒤집어 놓았다. 그때마다 화에 화가 더해져 정말 크게 화를 내버리고 말았다. 서우는 그래도 괜찮은지 나를 놀려대듯 계속 웃었다. 그러다 집을 나서기 위해 신발을 신는데 신발에 발이 잘 들어가지 않는 모양이었다. 아이가 갑자기 정말 서럽게 울기 시작하는 거다. 꾹꾹 눌러둔 감정이 예상치 못한 곳에서 툭 하고 건드려진 것이다. 울음은 쉽게 그치지 않았고, 그 날 버스는 놓치고 말았다. 그깟 버스 한번 놓치는 게 어떻다고…

괜찮지 않은 나였다.
참 괜찮지 않은 엄마였다.

서우가 유치원에서 미꾸라지 잡기 체험 후 페트병에 담아 아기 다루듯 조심스럽게 들고 왔던 그 미꾸라지다. 사실 번거로운 마음이 컸지만 아이가 너무 좋아하기에 널찍한 통으로 옮겨 물도 갈아주고 밥도 주었다. 밥을 줘도 먹지 않는 게 이상했지만 적응을 아직 못했나 보다 했다.

미꾸라지를 데려왔던 날, 내가 "우리 이 미꾸라지를 뭐라고 부르면 좋을까? 이름을 붙여보자~ 미꾸라지는 미끄러우니까 미끌이? 미끌미끌?" 이에 서우는 곰곰이 생각하더니, "이름 붙일 수 없어!"라고 했다.
"너무 사랑하면 이름을 붙일 수 없는 거야"라는 말도 덧붙였다.

어떤 의미였을까.
사랑하니까 사소한 것도
내 맘대로 함부로 할 수 없다는 말이었을까.

너무 사랑해서 이름조차 붙일 수 없다고 했던,
서우의 아끄라지가 죽었다..

서럽게 우는 아이를 앞에 두고
우는 모습이 너무 귀여워서 웃고 말았다.
다행히 들키진 않았다.
이내 미안해졌다
하늘 아끄라지가 죽은 게 아닌 걸을.

2017. 8. 20. 인으나

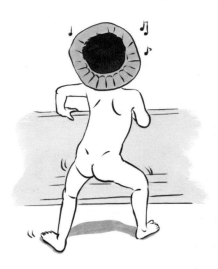

뒷모습만 봐도
너의 기분을 읽을 수 있어. 2017.6.26

서우와 함께 장 보러 가는 길에 내 또래로 보이는 엄마가 아이를 혼내는 걸 보았다. 서우 또래로 보이는 아이는 자전거에 탄 채 울고 있었다. 귀에 목소리가 꽂힐 정도로 그 엄마는 아이에게 "너 바보야? 울지 마!" 윽박질렀다.

'나도 서우한테 화내면 저렇게 무섭겠지. 조심해야겠다' 생각하는 찰나 서우가, "바보가 어디 있어!" 나름 화난 어투로 혼잣말을 했다. 그래서 "엄마도 서우 혼낼 때 저 아줌마 같아? 많이 무서워?"라고 물으니 "아니, 엄마는 조금 무서워" 한다.

휴우… 그래도 조심해야겠다.
내 눈빛만 봐도 내 기분을 읽을 테니까.
'무서운 엄마'는 나 역시 싫으니까.

답 없는 에이미

아 앙 ∞
떼쓰기
무한반복 ㅠㅠ

앙

앙

엄마인 나도 따라 울었다. 꽤 여러 번.
난 누구에게 떼를 썼던 걸까.

사
라
진
가
을

지금의 너도 이 가을처럼 순식간에 지나가겠지.

충분히 담고 싶다.

이 가을을, 내 앞의 너를.

밤새 추워졌다

이렇게 겨울이 갑자기 시작된건가...

가을, 나의 가을은 ?! ㅠㅠ

호박전을 다 먹지도 않고 호박전을 다 먹었다고 말하는 서우에게
"왜 거짓말 해~"라고 가벼운 어투로 얘기했을 뿐인데, 갑자기 표
정이 일그러지며 "거짓말 안했어!!" 외치고는 서럽게 울기 시작
하는 서우.

억울했던 걸까.
이 아이에게 그건 거짓말이 아니었던 걸까.

일단 조용히 서우에게 "서우가 호박전 안 먹었는데 먹었다고 해
서 엄마가 궁금해서 물어본 거야." 속삭이며 콧물을 닦아주었다.
하지만 끝내 왜 거짓말을 했는지, 왜 그리 울었는지 답을 들을 수
없었다.

짐작컨대 '당황'했던 게 아닐까. 아무 생각 없이 말한 건데 그게
아주 나쁜 걸로만 알고 있던 그 '거짓말'이라니. 놀라고 당황한 나
머지, 그 감정이 너무 낯설어서 그토록 서럽게 표현한 게 아니었
을까 싶다.
오늘도 서우는 그렇게 또 하나의 감정을 배우고 다루는 방법을
스스로 익혀가는 거 아닐까.

거짓말 안했어 ～ !!!!

2016. 11. 26. 태원 아빠
3년개월 서우

멀리 가는 너와 더 멀리 가는 나

같이 가!
같이 가야지~ 엄마 손잡고…

나중에 네가 사랑하는 사람 생기거든
그땐 엄마 손 잡지 않아도 된단다.

간절한 엄마 마음을 아는지 모르는지

오늘도 나의 아들은
직진! 돌진!

머물고 싶은 마음

스스로 단추를 채우지만,
병원의자에 앉아
아기로 머물고 싶은 내 맘_

2016. 9. 9. 금요일

논서우 그리다

254

둘째 승우를 낳은 지 얼마 되지 않아
서우의 '아기 따라 하기'가 시작되었다.
나는 알 것 같다. 아니 알고 있다.
서우의 행동을, 그 마음을.

네가 아무리 자라도 엄마한테는 '아기'란다.
변함없는 나의 첫 아기.

다
섯
살
인
생

다섯살 형아의
쓰디 쓴 인생맛 허니에카드 ㅎㅎ

2013. 2. 18
석우야, 그거 써라맛인데.. 🍅

엄마는 ㅇ
너의
방학이

걍

두 려 워...

너의 방학은
'엄마의 숙제'가 너무 많아서
두려운 걸까.

엄마의 방학도 필요해~

방학
2

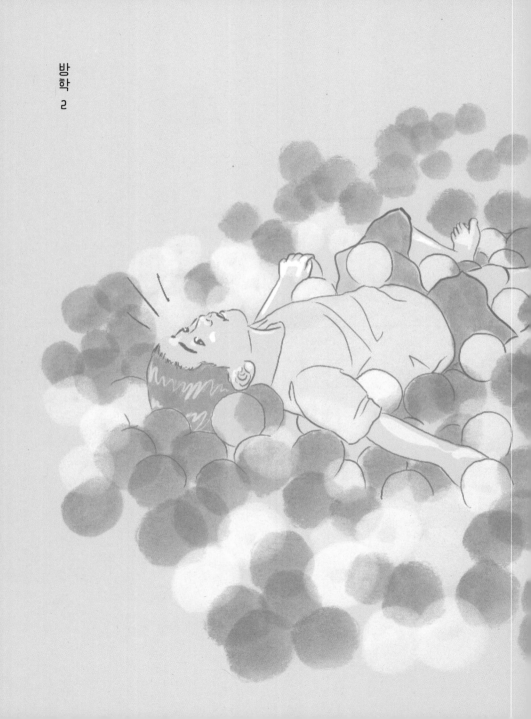

어디로 가고,

　　무얼 해야 할까 _

Summer vacation ♪

　　What do you see ~ ♪♪

다
시
개
학

<u>ㅎㅎㅎㅎ</u>
'마냥 좋은 것'
내게 개학이 이런 의미가 될 줄이야.

일어나 ~
유치원 가야지 !!

D-0, 개학   2013. 6. P

고열

네가 아프면
엄마는 너무 화가 나.
네가 아픈 게 꼭 엄마 탓 같아서.

달래고 달래도
그치지 않는 칭얼거림에
엄마는 너무 화가 나.
더 어르고 달래도 모자랄 판에
거친 너의 울음소리에 귀를 막고
어찌할 줄을 모르는
서툰 엄마니까.

고열에 빨개진 너의 볼에
차가운 내 볼을 갖다대며
너무 미안했다고
너무 미안하다고
시린 가슴으로나마
네 열을 조금씩 내리는 이 밤.

그대 먼 곳만 보네요

집 앞 놀이터,
꽤 익숙한 풍경

내가 지금 여기 있는데... 2013.9.14. 이영복 레이

\# 서우형_투명인간설
\# 깐끼빠빠_아기늘

너
와

너와, 같은 것을 먹을 수 있다는 건
너와, 같은 것을 할 수 있다는 건

익숙한 것은 새로워지고
평범한 것이 특별해지는

핫도그를 처음 맛보는 너를 보며
엄마는 괜히 감동하고 난리

f r i e n d s

가장 자신있는 포즈 !!

형, 오빠를
보기만
하면 땡벙이래는

ROCK
&
ROLL

까불 까불
까불 까불
까불 까불

짱 빠지고
더 까분다는

리본 한번에
생생한이(?)
다~아
챙겨왔다는

2017. 7. 27. 오은

프렌즈

말 못할 때부터 만나온 서우의 친구들은
만날 때마다 저마다의 개성을 업그레이드하고 나온다.

너를 재우고 돌아보는 날

너를 그릴 때의 반만큼이라도
너에게 좀 더 온화할 수 있다면.

잠든 너를 볼 때마다
이렇게 예쁜 아이가 내가 낳은 내 아이란 게 너무 놀랍고 신기해.
그러다 가끔 불안해지기도 해.
이게 내 꿈이라면
잠든 네가 내 꿈이라면
어떡하지.

달콤한 너의 꿈을 끝까지 지켜주고 싶은
절대 깨고 싶지 않은
나의 길고 아련한 이 꿈.

잠든
너를 보면서..

이게 나의
깊고 아련한
꿈 같기도 해..

2017.5.19. 어젯밤 운동

277

너의 표정이니까

정~말 좋을 때만 나는
너의 표정_
그 표정 나올 때
엄마도
정~말 좋더라

2017.5.20. 토요일
이제 자러 들어간다 ^^

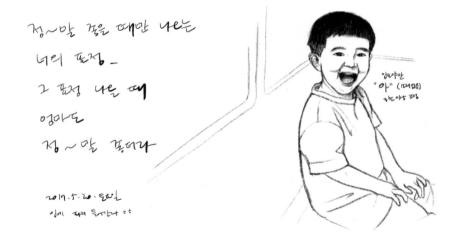

엄마만
"아" (따라함)
하는아들 땅

달려와 허리를 감싸안는다.
난 단지 형보다 덜 혼내고 웃어줬을 뿐인데...

2019. 9. 6. 두번째 아침, 유치원 버스 기다리며

아, 지친다.

내 말은 듣지도 않고, 툭하면 삐치기 일쑤고, 마음에 들지 않으면 떼쓰고… 흔히 말하는 '미운 다섯 살'이라는 시기를 겪고 있는 나의 첫째 아들 서우.
동생 승우를 맞이하고도, 비교적 순탄하게 잘 지내온 서우였다. 이 작은 아이에게 살짝 기대는 나를 발견하곤 놀란 적도 있었다. 그런 서우가 가끔은 미치도록 미울 때가 있는데, 바로 요즘 그렇다. 오래 가지 못하는 미움, 미워하다 내가 더 미워지는 미움.

서우가 동생을 맞이한 지 9개월 정도 지났을 무렵, 작은 어린이집을 다니다가 큰 유치원으로 옮겨 다닐 때였다. 일주일쯤 지났을까, 잠들기 전 뭔가 생각하던 서우의 입에서 "엄마, 내 마음속에 하트가 많이 없어졌어…"라는 말이 나왔다. 가슴이 쿵 하고 내려앉았다. 어떤 말을 해줘야 할지 몰라 한참 망설이는 동안 서우는 잠들어 버렸고, 그날 밤 나는 쉽게 잠들 수 없었다.

새로운 환경에 적응하는 힘겨운 기간이 끝나 보인 서우에게 어느 날 물었다. "지금은 서우 마음속에 하트가 많이 있어?" 아이는 나의 물음에 배시시 웃음으로 대답을 대신했다.

다섯 살, 12월생이라 네 살 같은 다섯 살이라고 말하곤 했었는데, 내 말을 잘 듣지 않을 때마다 내 머릿속에서는 '미운 다섯 살'이라는 이름표를 서우에게 붙이고 '그래서 그렇지, 그래서 네가 내 속을 또 긁는구나' 했다. 서우의 마음을 헤아리려 노력한 적도 분명 있었는데, 어느새 나는 내 아이의 진짜 마음을 읽으려는 노력조차 하지 않았다.

아이가 잠들고 난 뒤 스마트폰 사진앨범 속 다양한 서우의 표정을 읽는다. 아, 이토록 사랑스러운 아이에게 미운 다섯 살이라니. 미안해졌다. 미안했다. 너무나 미안한 미운 엄마였다. 미운 엄마의 사랑스러운 아들 서우는 오늘도 간혹 나를 당혹스럽게 하지만 이제 더 이상 '미운 다섯 살'은 없다. 그저 사랑스러운 나의 아들이 날 당혹스럽게 만든 것뿐이다.

~~미운~~ 다섯살 ㅡ
그럼에도 불구하고
너무 사랑스러운 너의 다섯살.

너와 나만 아는 열 달의 그 느낌

낳기 전엔 참 무겁고 불편했었는데
낳아 보니 더 무겁고 불편해지더라.

그래도 낳아 보니
좋다, 참 좋아.
내 속에서 나온 너를,
이렇게 다시 품을 수 있어서.

왠지 오늘 안정감 _

2019. 12. 3. 이유인 아침

너
의
잠

1

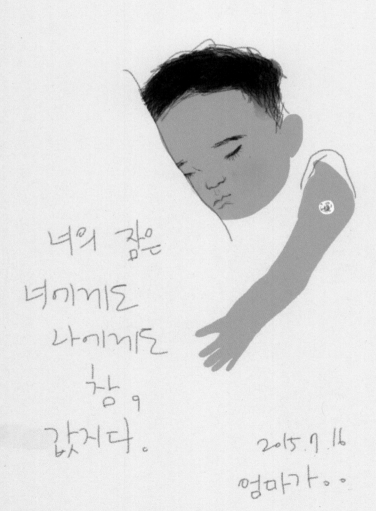

너의 잠은

너에게도

나에게도

참,

값지다。

2015. 7. 16

엄마가..

너의 시간이 곧
나의 시간 ,,

2016. 12. 봄날

특별할 것도 없었는데… 아이를 더 잘 챙겨주지도, 무리해서 뭔가를 해주지도 않았는데 괜히 지쳐버린 어느 날이었다. 아이의 일정에 맞춰 하루를 계획하고, 그렇게 일주일을 한 달을 일 년을 보내며… 언제 끝날지 모를 이 생활이 막연하고 갑갑했다. 꾹꾹 누른 채 애써 잘 지내다가 불현듯 찾아오는 이 감정. 그래서 나도 모르게 내뱉던 한숨.

후-우-우-
엄마도 그렇게
하얗고 깨끗한 숨을 내쉬고 싶어.
무겁지 않고 가볍게
흩어져서 없어져도 좋을 만큼 충분히.

하원시간

유치원 하원시간에
다다른 이 시간.
비가 와서
네가 와서
아쉬운 내 시간.
널 많이 사랑하지만
내 시간이 한참 부족한 요즘
너에게 더 미안한 오늘
너를 기다리는
다시 내 시간을 기다리는
이 시간.

너에게 참 미안한 이 시간.

내게 남은 것

가끔 내가 어디까지 와있는 걸까, 문득 궁금할 때가 있다. 엄마가 되기 전부터 항상 궁금해 하던 것이다. 그렇지만 아기와 함께 기나긴 하루를 겪어내는 이 시기, 앞일을 예측할 수 없는 이 막막함은 육아 그 이전에 오던 그것과는 종류부터 다르다.

출산휴가, 육아휴직.
나에겐 다른 단어로 대체해도
전혀 어색함이 없을 것 같은 이 단어들.
엄마인턴, 인생휴직.

이보다 더 행복할 수 있을까 싶다가도, 세상 끝 벼랑에 선 것마냥 한없이 좌절하기도 한다. 어디부터 잘못된 건지 모를 답답함과, 마구 짓밟히고 철저히 무시당해도 전혀 기분이 나쁘지 않은, 참 신기하고 아이러니한 상태.
내게 육아는 그랬다. 아니, 지금도 그렇다.
엄마가 되기 이전, 내 상상 속 엄마의 내 모습은 '자애롭고 현명한, 아름다운 엄마'였으며, 상상 속 나의 아기도 '나와 남편을 쏙 닮아 사랑스럽게 웃고만 있는 아기'였다. 그때는 미처 몰랐다. 나의 상상이 빙산의 일각, 발톱의 때, 새 발의 피였다는 것을. 상상력이 풍부한 편이라고 자부해왔던 나의 상상력은 육아에 있어서는 결코 명함을 내밀 만한 수준이 아니었다.

아이를 키우기에는 너무 버거운 세상이라고, 너무 힘든 나라라는 말을 한다. 아이를 키우기에는 나의 삶에서 잃는 게 너무 많다고, (물론 합리적이고 논리적이다) 경험자든 무경험자든 그렇게 비관적으로 말한다. 어느 정도는 동의한다. 나 역시 마냥 긍정적인 사람은 아니다. 하지만 반박하고 싶다. 그 프레임에 가두기에는 '육아'와 '부모가 되는 것'은 아주 크고 다양하다고. 작은 틀에 끼운 육아에 대한 판단은, 갓 육아를 시작하거나 꿈꾸는 사람들에게 잠시 넣어두라고 얘기해주고 싶다.

아직 나도 어린 아이들을 키우고 있는 엄마라 육아에 대해 명확한 정의를 내릴 수는 없지만, '육아'는 '자아'를 끊임없이 확인하는 계기가 된다는 건 확실하다. 매순간 나를 돌아보게 될 거다. 내가 가장 보이기 싫어했던 나의 치부가 자주 드러나게 될 것이다. 반면 그동안 결코 알지 못했던 나의 가장 아름다운 모습과 마주하게 될 것이다.

이유는 간단하다. 내가 나의 아이를 나만큼, 어쩌면 나보다 더 사랑하기 때문이다.

한때 내가 그 사람을 사랑하는지 사랑하지 않는지에 대한 기준을 세우게 한 노래 가사가 있다. 바비킴과 정인이 함께 부른 「사랑하고 있을 때」 가사 중 "나는 네 곁에 있을 때 나와 가장 가까운 내가 돼. 정직하게 날 살게 해줘서 고마워"라는 부분이다.

오늘도 나는 육아를 하면서 나와 가장 가까운 나를 마주한다.
상상 그 이상으로.

2018년 봄이 지나고 여름이 시작될 즈음에

여전히 그림 그리는 엄마, 문선

'나무에 같이 타야겠다'
이 좋은 곳에 - 2018. 3. 25 문선

고생했어요.

잘하고 있어요.

힘들고 지치는 건

당연해요.

당신의 육아도

나의 육아도

토닥토닥